LE CENSURÉ ET L'ECU

Ou la petite histoire de la prostitution

STIBANE
DIDGÉ

TOME 1

Couleurs STIBANE

Editions BD FOLIES
Av. de Visé 11 - 1170 Bruxelles - Belgique
(Division de P&T Production SPRL)

D/1994/5336/30
ISBN 2-87265-027-X
Photogravure Studio LEONARDO
Imprimé en CEE
Premier tirage

1· LA PREHISTOIRE

"La première préoccupation des premiers hommes fut de baiser les premières femmes..."

Madame Claude

Prostituée néanderthalienne accompagnée de son souteneur reconnaissable à ses chaussures en croco.

Si la prostitution était à cette époque en pleine expansion, il faut néanmoins signaler que la pratique de certaines coutumes ancestrales datant de la nuit des temps (c'est-à-dire la veille...) au sein de quelques tribus d'arriérés rendait pratiquement impossible toute relation avec une fille de joie normalement constituée.

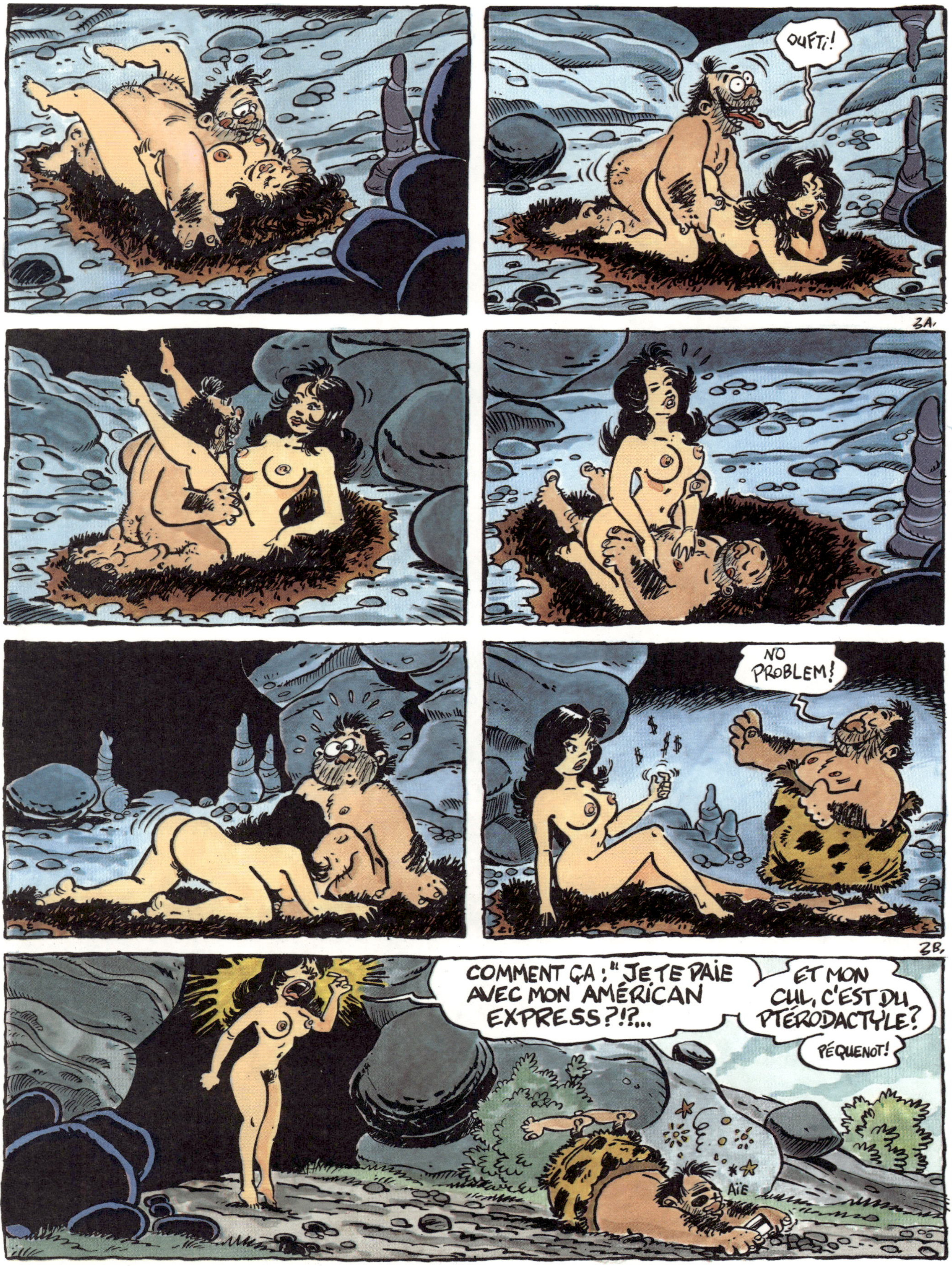
OUFTI!
NO PROBLEM!
COMMENT ÇA : "JE TE PAIE AVEC MON AMÉRICAN EXPRESS ?!?...
ET MON CUL, C'EST DU PTÉRODACTYLE ?
PÉQUENOT!
AÏE

SI J'AVAIS SU QUE LES PRIX AVAIENT AUGMENTÉS, J'AURAIS PLUTÔT BAISÉ LA CHÈVRE !

D'après des fossiles retrouvés en divers endroits du globe, il semblerait que des espèces primitives du genre *Australopithecus Robustus* et *Homo Habilis* se soient trouvées en présence l'une de l'autre.
La préférence que marqua alors l' *Australopithecus Robustus* pour les prostituées du type *Homo Habilis* (goûts de luxe, déjà...) contribua grandement à une extinction rapide de L'*Australopithecus Robustus*.
ORANG-OUTAN ?!...
HEU...NON!...
... MA FEMME !...
GLP!!!

MIAM!
HOHOOO... ONGA GROUMF, ARGARG POGO POGO!!!
HU?
HÉHOOO!... MOLOMOLO RAGNAGNA POUTOUF, PATATRA... SIC SIC!
HURK?... POUTOUF PATATRA?... HAHAHA... MOLTO SOKASOKA, HÈ TAKATAK!
TAKATAK? TAKATAK?... BOUM BOUM, ARGL RATAPOF!... HÈ HEIN!
TART
LE TOUT, C'EST DE BIEN S'ENTENDRE SUR LE PRIX, AVANT!...

RUBRIQUE: On peut désormais s'instruire en apprenant...

LA PROSTITUEE DES CAVERNES

figure A
LE MÉKHOUÏE ÉTAIT UN PETIT ANIMAL, AUJOURD'HUI DISPARU, QUI POSSÉDAIT UN SYSTÈME GÉNITAL TRÈS DÉVELOPPÉ. COURT SUR PATTES ET RELATIVEMENT LOURD, LE MÉKHOUÏE POUVAIT TOUTEFOIS COURIR TRÈS VITE. LORSQU'IL ÉTAIT LANCÉ À TOUTE VITESSE, SA SEULE FAÇON DE FREINER ÉTAIT D'ENTRER EN ÉRECTION ET LE FREINAGE LUI FAISAIT POUSSER DES CRIS HORRIBLES.

Le saviez-vous?

Les prostiuées des cavernes ne disposaient pas de néon rose, pour des raisons que nous ne vous ferons pas l'affront de vous expliquer.
Elles se signalaient toutefois aux clients potentiels par un feu de camp rouge à l'entrée de leur grotte...

Pour la petite histoire...

C'est une prostituée feignante qui a eu l'idée de ce qu'on pourrait appeler l'ancêtre de la poupée gonflable. Il s'agissait d'une sculpture en grès louée par période d'un quart de lune. Son chiffre d'affaires ne cessant d'augmenter, la prostituée investit dans l'achat d'autres sculptures, ce qui fit d'elle également, la première tenancière de bordel de l'histoire de la prostitution.

2· EGYPTE

"Il est totalement faux de croire que les pyramides étaient les premières maisons closes des anciens Egyptiens, elles n'en étaient en réalité que les enseignes!"
Champollion

LES ÉCRITS QUE NOUS POUVONS LIRE SUR CETTE PIERRE, DÉCOUVERTE LORS DE FOUILLES RÉCENTES, DONNENT UN APERÇU ON NE PEUT PLUS CLAIR DE CE QU'ÉTAIT LA VIE D'UNE PROSTITUÉE EN HAUTE-ÉGYPTE IL YA 5000 ANS ...
VOUS NE TROUVEZ PAS ?
NON?
SI HEIN !?
HAAA BON!...
MOI, JE TROUVE!
OOOH! LÀ, C'EST TON ONCLE, AMÉNOFIS HAPPAPA ... CELUI QUI EST MORT SUR UNE... EUH... EN COMPAGNIE D'UNE PUT... HEU... FILLE DE JOIE...
ET À CÔTÉ, C'EST TA TANTE PÔRTH-JÂR-TELLE, SA FEMME...
SI, SI, C'EST BIEN HEIN... ... MAIS, MÊME COMME ENSEIGNE D'HÔTEL DE PASSE, JE NE CROIS PAS QUE CELA DONNE UNE HAUTE IDÉE DE NOTRE CIVILISATION AUX GÉNÉRATIONS FUTURES !...
... FAITES PLUS "SOFT"! ...
HAAA BON!...
SI VOUS L'DITES! ...
C'EST VOUS LE CHEF!
2

!
TU MONTES, CHÉRI ?
C'EST COMBIEN ?
2 MARAVEDIS POUR UNE PETITE GÂTERIE ... 15 POUR LA TOTALE !
E-3A-
JE PREND LA TOTALE, JE SUIS EN FONDS, JE VIENS DE VENDRE MA BELLE-MÈRE AU MARCHÉ AUX ESCLAVES ! HAHAHA !
ET... OÙ VA-T-ON... BROUM... FAIRE ÇA, ARFARF MIGNONNE ?
SLURP MIAM
MAIS, ICI, MON CHÉRI, SUR LE CHAR !
BEN, ÇA ALORS, C'EST LA 1ère FOIS QUE JE ME FERAI UNE PUTE SUR UN CHAR ! C'EST VACHEMENT MODERNE, TON SYSTÈME !
ON PEUT-ÊTRE PROSTITUÉE ET AVOIR DES IDÉES HEIN !
GNAK !
E-3B-
HAAA OUAIS ! HAAA OUAIS OUAIS OUAIS BONNE IDÉE, LE COUP DU CHAR, MA COCOTTE !... MAIS...
... FAUDRA ÉTUDIER PLUS SÉRIEUSEMENT TON ITINÉRAIRE, MA POULE !... AÏE... QUESTION CONFORT QUOI !... ... OUILLE !...
AÏE, LES SECOUSSES... AÏE... C'EST BIEN !...
... MAIS TROP...
... C'EST TROP !... ... AÏE...
HOP
BONG

CHEZ POUAKELVIS
BORDEL
Tarif
MONSIEUR DÉSIRE PASSER UN BON MOMENT AVEC UNE DE NOS SOMPTUEUSES DÉESSES ?... QUE MONSIEUR ME SUIVE POUR FAIRE SON CHOIX !
DIVINE, SOUMISE, EXPERTE, VOICI TOUTENVIS, LA PERLE FINE DE NOTRE MAISON !...
Ho ouiii Ho ouiii
KAÏKAÏ
WAAAAH
MINGA
AHOUUU
...HOouiiii
ARF ARF MIAM
... ELLE EST À VOUS POUR SEULEMENT 1800 MARAVEDIS !
HAA OUI !... ... HAA BON !... ... QUAND MÊME !... ... TOUT ÇA !...
JE VOIS QUE MONSIEUR HÉSITE !... LA MAISON PEUT AUSSI VOUS PROPOSER PETIPENIS !... 1000 MARAVÉDIS !... UN EXCELLENT RAPPORT QUALITÉ-PRIX !
HEU !... OUI !... VOYONS LA SUITE !...
DANS LA CATÉGORIE INFÉRIEURE, POUR 500 MARAVEDIS, FAIDESPLIS !... PAS NEUVE, MAIS UNE GRANDE EXPÉRIENCE DE LA VIE !
500, VOUS DITES ?!... HEU... POURSUIVONS, POURSUIVONS !
MAIS ENFIN, MONSIEUR, POUR 100 MARAVÉDIS VOUS DITES ENCORE NON !... FINALEMENT, DE COMBIEN DISPOSEZ-VOUS ?
BEN... 2 MARAVÉDIS, PAS PLUS !...
QU'EST-C'QUE J'PEUX AVOIR POUR ÇA ?
COUCOU !
VOILÀ !... ET FAITES GAFFE À NE PAS ME L'ABÎMER !
ET QUAND VOUS AUREZ TERMINÉ, RE-METTEZ LES BANDELETTES HEIN !

3· LA GRECE ANTIQUE

**"Je ne sculpterai plus de prostituées,
ça me coûte trop cher!"**
Phidias

RUBRIQUE: On peut dès à présent apprendre en s'instruisant...

ΛΑ ΠΡΟΣΤΙΤΥΕΕ ΓΡΕΧΘΥΕ

(La prostituée grecque)

Relativement noires de poil et affligées d'une robuste pilosité abondante, il n'était pas rare de rencontrer des prostituées à moustache. Ce phénomène est sans doute à l'origine de la légende affirmant que les grecs sont homosexuels.

Prostitution dans l'Antiquité grecque:

DES NOMS!

Certaines prostituées s'appelaient ASPASIE, d'autres PHRYNÉ et vice-versa...

Ethymologie:

la célèbre phrase: « Tu montes, chéri? » vient du grec, mais on ne sait pas exactement du quel...

Bien que de Grèce, la prostituée grecque n'était pas grasse. Au contraire, c'était une personne sculpturale dont plus d'un artiste se servait comme modèle (entre autre).

Certaines prostituées étaient d'anciennes championnes olympiques douée d'une endurance peu commune. Aristophane cite le cas d'une spécialiste du 110 mecs-haies célèbre du Pirée à l'Acropole.

C'est en 594 av. J.C. que SOLON, entrant par là dans l'histoire, créa les premières "maisons closes". Notons également qu'en France, MARTHE RICHARD entra elle aussi dans l'histoire en 1946 en les faisant fermer...

Outre leur présence dans les maisons, les prostituées grecques arpentaient également les rues pour raccoler les clients, c'est pourquoi elles soignaient particulièrement bien leurs pieds (du grec: pédé). Les spécialistes des pieds étaient à l'époque les logopèdes qui se sont reconvertis depuis la loi inspirée par Marthe Richard en 1946...

2

LE SAVIEZ-VOUS?

La monnaie de base utilisée dans la Grèce Antique était le drachme, c'est bien connu. C'était donc à coup de drachmes que les gens comme vous et moi se payaient des prostituées. La pointure au-dessus, question fric (le gros billet, quoi), c'était la "mine d'argent". C'est donc en mines d'argent qu'étaient payées les courtisanes, prostituées de niveau plus élevé que fréquentaient les aristocrates (du grec aristos "fric", et cratos "plein"; littéralement "pleins de fric").
Certains de ces nantis louaient ou achetaient, même, ces courtisanes contractuellement pour des sommes allant de vingt à quarante mines d'argent.
Ces mines d'argent se révélèrent vite devenir des mines d'or pour l'Etat qui leva aussi sec une taxe sur les courtisanes, devenant par là l'ancêtre des Etats proxénètes (du latin pro "pour" et du grec xénètos "voler l'argent de la dame") que nous connaissons aujourd'hui.

Authentique, d'après un livre que Stibane m'a prêté, mais je ne retrouve plus le bouquin, parce que ma femme a encore rangé ma table de travail!

fig1: EXEMPLE DE DRACHME.

fig 2: EXEMPLE DE MINE.

ANECDOTE V.O.

Βοννε νουϖελλε: λεσ πετιτσ φ τ σ θυι αυροντ λα βοννε ιδε δε ρετρανσχριρε χεχι συρ λευρ τραιτεμεντ δε τεξτε αφιν δ϶εν δχουϖριρ λε σενσ εν χηανγεαντ δε πολιχε δε χαραχτρεσ πουρροντ χριρε λ϶διτευρ παρχε θυ϶ιλσ αυροντ γαγν υν αλβυμ.
Μαυϖαισε νουϖελλε: ιλσ λ϶οντ δ φ, λ϶αλβυμ: χ϶εστ χελυι–χι⊃

JOUONS UN PEU

De Pythagore à Thalès, de théorèmes en postulats et de Charybde en Sylla(bus), les grecs se sont taillés la part du lion, question maths, c'est bien connu.
En réalisant les opérations cidessous, trouvez le tarif de la prostituée grecque dont à laquelle endéans présentement ici, ce petit vicelard s'entretient avec.
(très doués pour les maths, les grecs l'étaient peu pour le français, bizarrement...)

SCOOP

Y'a pas à dire, les grecs, question sports et tout ça, c'étaient des chefs, je ne dis pas le contraire. D'abord, la preuve, c'est qu'y z'ont inventé les jeux olympiques, comme qui dirait. Et puis, pour se bagarrer, y z'étaient pas les derniers non plus, ça y allait! Les Spartiates ne rigolaient pas, j'aime autant te le dire! Mais au niveau des putes et tout ça, je rigole... Parce que c'est bien connu que les grecs, hein... La jaquette flottante, tu vois ce que je veux dire?... Alors, y n'devait pas y en avoir des masses de prostiputes dans la Grèce Antique, hein? Quoi? Hein? Ou alors des prostiputes-mecs, mais chais pas si ça existait déjà à l'époque, quoi?
On s'en reprend un? Robert! Deux rosés silt'plait!
(Propos recueillis par notre envoyé spécial au "Café des Petits Epargnants")

ENCORE UNE VÉRITÉ CARRÉMENT HISTORIQUE!

À l'époque de l'Antiquité Grecque, les femmes s'habillaient d'une lourde robe drapée à la ceinture, le *péplos*. Les jeunes filles portaient quant à elles une tunique légère en lin, le *chiton*. Sur le *chiton*, elles jetaient négligeamment un manteau plus épais appelé l'*himation*.
Ça, c'était pour les honnêtes femmes, évidemment.
Les prostituées, pour leur part étaient simplement à poils. Ce qui a au moins le mérite d'être franc et direct au niveau du look, avouons-le sans qu'il soit nécessaire de nous appliquer la question extraordinaire (*voir le chapitre "Moyen-Âge"*).

?
PLIC
HOOO TIENS, QUELQU'UN A PERDU UN SAVON !
CE FUT LA 1ère FOIS QU'ENCULOMÉNOS EMPLOYA CE STRATAGÈME POUR ASSOUVIR SES INSTINCTS !... ...À SON GRAND BONHEUR, IL CONSTATA QUE SA VICTIME ÉTAIT PLUTOT CONTENTE !...
HU!
HOP
GNOUF
...ENCULOMÉNOS REITÉRA DONC SON PETIT JEU ... ET HOOO HEUREUSE SURPRISE...
HOP!
WAAAH!
GNOUF
HOP
...S'APERÇU QU'UN GRAND NOMBRE DE SES CONTEMPORAINS ÉTAIENT HEUREUSEMENT SURPRIS DE CE QUI LEUR ARRIVAIT !...
JE M'APERÇOIS QU'UN GRAND NOMBRE DE MES COMPATRIOTES EST HEU-REUSEMENT SURPRIS DE CE QUI LUI ARRIVE!
JE SUIS HEUREUSEMENT SURPRIS DE CE QUI M'ARRIVE !
GNOUF
HOP
...IL EUT ALORS UNE IDÉE DE GÉNIE QUI ALLAIT LUI PER-METTRE DE REN-TABILISER LES FRAIS D'ACHAT DE SAVON DE MARSEILLE !...
...ET C'EST AINSI QU'APPARUT À ATHÈNES LA PREMIÈRE BOÎTE GAY DE L'HISTOIRE DU MONDE!
JE M'APERÇOIS QUE JE SUIS HEU-REUSEMENT SURPRIS! HOU! HOU!
POUR UNE SURPRISE, C'EST UNE SURPRISE ! HOU!
OUILLE! SURPRIIISE
HOUU! QUELLE HEU-REUSE SUR-PRISE!
CHEZ ENCULOMENOS
RHÂ!
FLOÛT! MON SAVON HOU!

GRMMBLL... DE PLUS EN PLUS DE PÉDÉS! C'EST MAUVAIS POUR NOS AFFAIRES, ÇA, MA GRANDE!
SANS COMPTER QUE, PAR DESSUS LE MARCHÉ, ON SE FAIT ENGUEULER QUAND ON ESSAIE D'AGUICHER CES HOMOS! L'AUTRE JOUR, IL Y EN A MÊME UN QUI A ÉTÉ VIOLENT AVEC MOI!
C'EST PARCE QUE TU NE FAIS PAS ATTENTION À QUI TU T'ADRESSES!... IL Y A UN TRUC FACILE POUR RECONNAÎTRE UN VRAI CLIENT POTENTIEL, CHÉRIE!
AH OUI? LEQUEL?
DEVINE!

LE MODÈLE QUI SERVIT À LA RÉALISATION DE LA "VÉNUS DE MILO" ÉTAIT UNE PROSTITUÉE ATHÉNIENNE TRÈS TIMIDE! VOYANT QU'ELLE REFUSAIT DE SE METTRE NUE DEVANT SES CLIENTS, SON SOUTENEUR LUI DÉCLARA CETTE PHRASE DÉSORMAIS CÉLÈBRE: "DEMAIN, T'ENLÈVES LE BAS!"...
...LA PAUVRE SOURDE CRU HÉLAS COMPRENDRE: "DEMAIN, T'ENLÈVES LES BRAS!"...
... SON SOUTENEUR FUT-DIT-ON-BIEN SURPRIS!

parenthèses
( )
IL M'EST REVENU À LA MÉMOIRE UN VIEUX TERME EMPLOYÉ JADIS DANS MA FAMILLE... FILLE DE JOIE!
... HAAA, LA FAMILLE!
SERA-CE LA LUMIÈRE AU BOUT DU TUNNEL?... HAAA, VOILÀ...
..."FILLE DE JOIE": FEMME DE MAUVAISE CONDUITE!
...
FAMILLE JE TE HAIS!!!

4· LES ROMAINS LES GAULOIS

"Je suis venu, j'ai vu, j'ai baisu, j'ai payu."

Jules Cesar

UNE TECHNIQUE BIEN CONNUE DES PROSTITUEES CONSISTE A RECRUTER LA CLIENTELE DIRECTEMENT DANS LA RUE. ON DIT ALORS QU'ELLES "FONT LE TROTTOIR"...
MAIS D'OU VIENT CETTE AMUSANTE EXPRESSION?
LA FRESQUE QUE VOUS DECOUVREZ CI-DESSOUS REPOND ENFIN DE MANIERE CLAIRE A CETTE IMPORTANTE QUESTION.

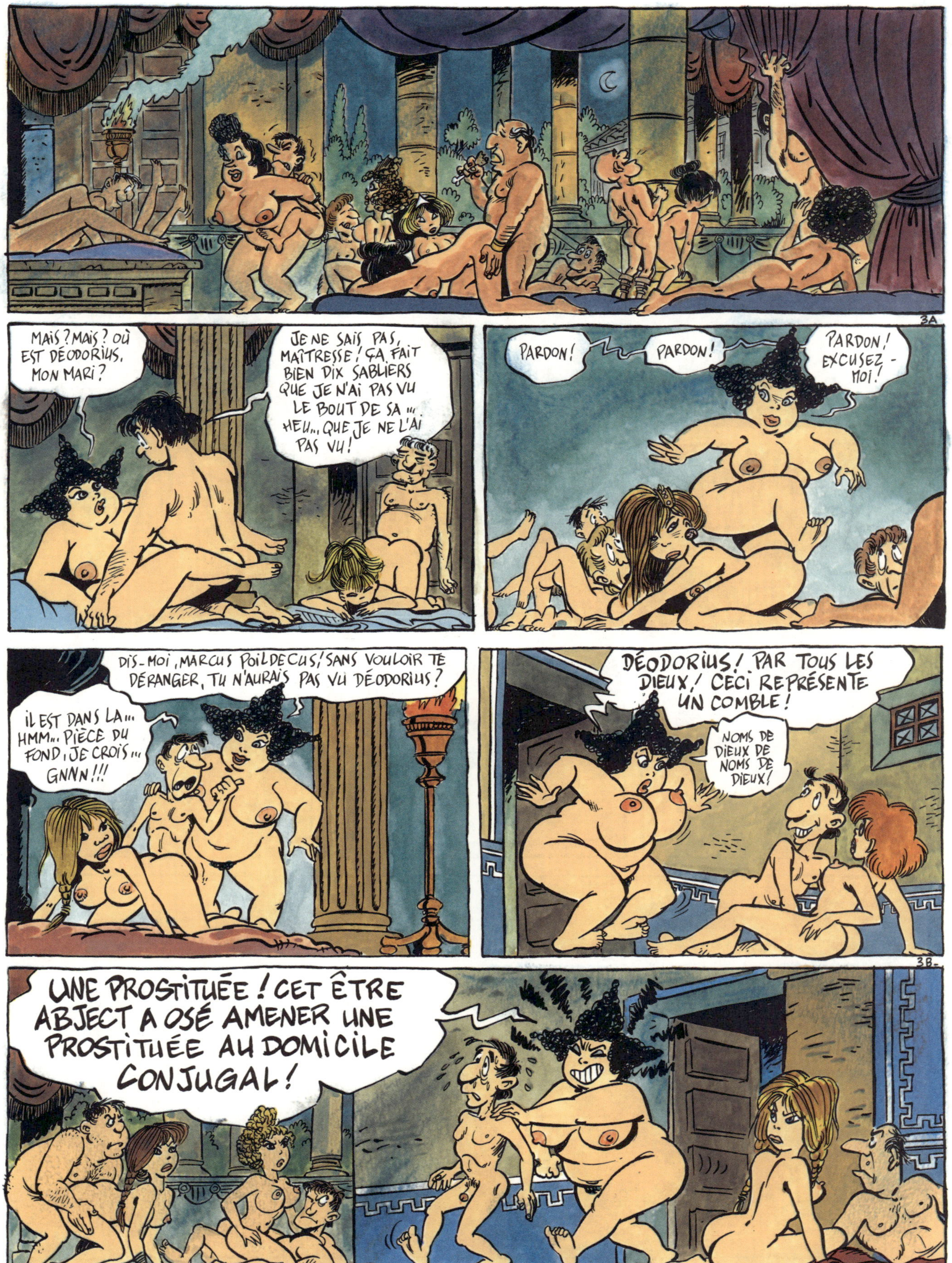
3A
MAIS ? MAIS ? OÙ EST DÉODORIUS, MON MARI ?
JE NE SAIS PAS, MAÎTRESSE ! ÇA FAIT BIEN DIX SABLIERS QUE JE N'AI PAS VU LE BOUT DE SA ... HEU... QUE JE NE L'AI PAS VU !
PARDON !
PARDON !
PARDON ! EXCUSEZ-MOI !
DIS-MOI, MARCUS POILDECUS, SANS VOULOIR TE DÉRANGER, TU N'AURAIS PAS VU DÉODORIUS ?
IL EST DANS LA... HMM... PIÈCE DU FOND, JE CROIS... GNNN !!!
DÉODORIUS ! PAR TOUS LES DIEUX ! CECI REPRÉSENTE UN COMBLE !
NOMS DE DIEUX DE NOMS DE DIEUX !
3B-
UNE PROSTITUÉE ! CET ÊTRE ABJECT A OSÉ AMENER UNE PROSTITUÉE AU DOMICILE CONJUGAL !

WHILE I GO FORTHAT
TEATCHER
UP AT THE MORNING AND TO SCHOOO-000.000L...
OUT
LL MUSI
TACATCHING BOUM BOUM
OUISIAN
TACAPOUM
CLING CLING
STOONE
TCHINK TCHINK
O.K.!
CLING CLANG
RLEANS.V
CHEZ CHAUDEPIX
ALORS, C'ÉTAIT BIEN, LA SOIRÉE HIER, HEIN, CIRCONCIX?!?
HOOO MOI, TU SAIS... ÇA S'RAIT PAS POUR ME TAPER UNE FILLE DE TEMPS EN TEMPS, ÇA M'DIT RIEN, LES SOIRÉES COSTUMÉES!

5. LES FRANCS

"Je trouve que ça fait un peu cher, de devoir se payer trois prostituées; deux pour servir de matelas, et une de couverture!"

Un Roi Fainéant

RUBRIQUE: De nos jours, on peut s'amuser en apprenant...

LA PROSTITUEE FRANCHE

← "Franche" est incorrect ! Il faut utiliser "FRANQUE" veuillez corriger, je vous prie ! l'Editeur

Habituée à suivre les redoutables soldats Francs sur les innombrables champs de bataille qu'ils ont parcourus, la prostituée franque se devait d'être armée et savait utiliser sa quincaillerie, j'aime autant vous le dire !

Habituée également à devoir satisfaire ce qu'on appelle communément "les Rois fainéants", la prostituée franque était une gymnaste émérite dont la souplesse devait pallier l'apathie de ces rois qui n'en foutaient pas une !

Chez les Francs, on était prostituée de mère en fille. C'est de ce temps-là que date l'insulte "fils de pute!" qui, à l'époque, était terrible et punie immédiatement d'un coup de francisque dans la tronche.

Comme dans toutes les civilisations, les prostituées de l'époque franque étaient d'éternelles marcheuses et leur bien le plus précieux (après leurs fesses) était leur pied gauche, et le droit aussi.

Son accoutrement guerrier (utile au demeurant en ces temps où il ne faisait pas bon afficher une certaine mollesse), préfigure hardiment les tenues sado-maso et autres cuirs ou caoutchoucs actuels.

Note: Si, aujourd'hui, il est courant de payer 5.000 francs à une prostituée, à l'époque, il était plutôt rare de voir une prostituée se payer 5.000 Francs !

LE SAVIEZ-VOUS?

La prostituée franche, ainsi dénommée, non parce qu'elle était d'une franchise à toute épreuve et donc capable de dire à un client affligé d'un très petit pénis qu'il était affligé d'un très petit pénis, mais bien parce que l'adjectif "franche" est simplement le féminin de "franc"", était par ailleurs d'une franchise à toute épreuve et elle était donc capable de dire à un client affligé d'un très petit pénis qu'il était affligé d'un très petit pénis, par exemple…

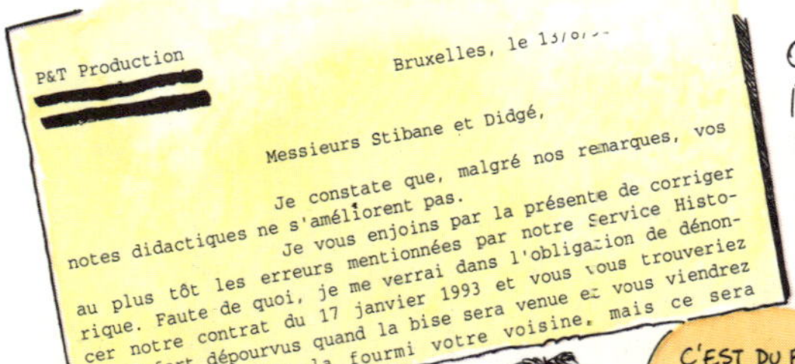

P&T Production
[redacted]

Bruxelles, le 13/0

Messieurs Stibane et Didgé,

Je constate que, malgré nos remarques, vos notes didactiques ne s'améliorent pas.

Je vous enjoins par la présente de corriger au plus tôt les erreurs mentionnées par notre Service Historique. Faute de quoi, je me verrai dans l'obligation de dénoncer notre contrat du 17 janvier 1993 et vous vous trouveriez alors fort dépourvus quand la bise sera venue et vous viendrez crier famine chez la fourmi votre voisine, mais ce sera

ON A REÇU CECI

Les aventures de la Grosse Lulu Dovic, la prostituée au temps des Francs. par D. GUEULASSE.

C'EST TRÈS BIEN, LES ENFANTS!... ET, N'OUBLIEZ PAS QUE L'INSTRUCTION, C'EST TRÈS IMPORTANT!
!
F-3A-
SCHLIKA
SCHLIKA
RLAN RLAN RLAN
WAAAHAHAAAA
RAAAAAAAAH
OUFTI
HOULALAAAAA
MINGA
DITES, MAJESTÉ, VOUS OUBLIEZ MON PETIT CADEAU!?!
C'EST JUSTE, FILLE DE JOIE! QUE TE DOIS-JE ?
F-3B
POUR CETTE FOIS, C'EST 1 ÉCU D'ARGENT, MAIS, VOUS ME DEVEZ ENCORE LES 2 DERNIERS COUPS!... ... CE QUI FAIT - AVEC LES MAJORATIONS DE RETARD - 1 ÉCU D'OR ET 2 D'ARGENT!
ANCIENNE ÉLÈVE SECTION COMPTABILITÉ!
GRMMBLL

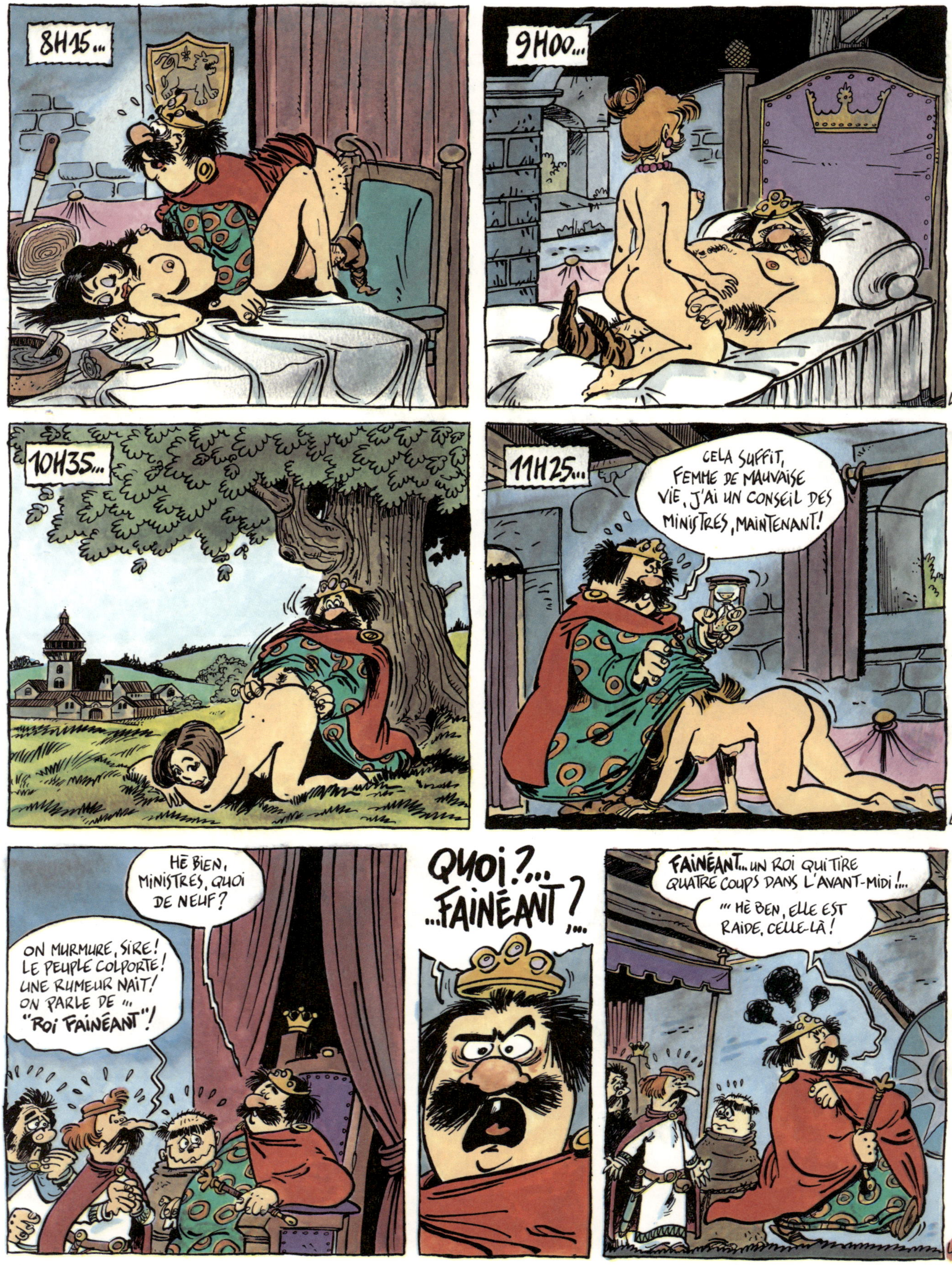
8H15...
9H00...
10H35...
11H25...
CELA SUFFIT, FEMME DE MAUVAISE VIE, J'AI UN CONSEIL DES MINISTRES, MAINTENANT!
HÉ BIEN, MINISTRES, QUOI DE NEUF?
ON MURMURE, SIRE! LE PEUPLE COLPORTE! UNE RUMEUR NAIT! ON PARLE DE ... "ROI FAINÉANT"!
QUOI?... ...FAINÉANT?...
FAINÉANT... UN ROI QUI TIRE QUATRE COUPS DANS L'AVANT-MIDI!...
... HÉ BEN, ELLE EST RAIDE, CELLE-LÀ!

6. LE MOYEN-AGE

—NE BRÛLEZ PAS LES PROSTITUÉES, ELLES PEUVENT RAPPORTER GROS!—

TORQUEMADA

C'EST COMBIEN, COCOTTE?
BARRE-TOI, AVEC TA TÊTE DE GARGOUILLE, HÉ MOCHETÉ!
ET TOI, TU PRENDS COMBIEN, CHÉRIE?
QU'EST C'QU'Y T'PERMET DE M'APPELER "CHÉRIE", ESPÈCE DE LAID GNÔME? VA TE FAIRE VOIR AVEC TA TÊTE DE GARGOUILLE!
C'EST COMBIEN?
J'EN SUIS PAS ENCORE À ME TAPER DES MONSTRES! VA TE FAIRE METTRE AILLEURS AVEC TA TÊTE DE GARGOUILLE!!!
HAAAAAAA!!!
SCHLIK SCHLIK SCHLIK

BIEN, APRÈS AVOIR ENTENDU LES DIVERSES PARTIES, JE VAIS RENDRE LA JUSTICE!
ATTENDU QUE PULCHÉRIE GROSSEMICHE, ICI PRÉSENTE, RECONNAIT EXERCER LE MÉTIER DE PROSTITUÉE...
3A.
... ATTENDU PAR AILLEURS, QUE LES TARIFS DES PROSTITUÉES DU ROYAUME SONT FIXÉS PAR L'ARRÊTÉ ROYAL DU XV/II/1229...
... ATTENDU ÉGALEMENT QUE LES PLAIGNANTS, PRÉSENTS EUX AUSSI, DÉCLARENT AVOIR PAYÉ DES SOMMES DE LOIN SUPÉRIEURES AUX TARIFS OFFICIELS...
oui oui oui
oui oui oui
... ATTENDU, FINALEMENT, QUE L'ACCUSÉE GROSSEMICHE NE NIE PAS LES FAITS...
... CONDAMNE L'ACCUSÉE AU REMBOURSEMENT "SINÉ DIÉ" ET INTÉGRAL DES PLAIGNANTS!
3B.
ALLONS, DU CALME! NE POUSSEZ PAS! CHACUN SON TOUR, TOUT LE MONDE SERA REMBOURSÉ!

?
OUïE!
TONK

COMMENT ÇA "MON ARMURE A ROUILLÉ ET JE NE POURRAI PAS SORTIR MA BOURSE"?

BROUM... BEN. VOUS VOYEZ, MESSIRE DE FRANCOUILLU, J'AI PEUR QUE VOS FANTASMES NE M'INSPIRENT QUE TRÈS MODÉRÉMENT!

HEU... DITES-MOI, BOURREAU!... HEU... À PROPOS DE VOTRE NOUVEL APPRENTI, LÀÀÀÀ ...

... BROUM... BROUM... EST-CE QUEEEE... VOUS... ÊTES SÛR QU'IL A BIEN TOUT COMPRIS...

... CONCERNANT L'EXPOSITION DES PROSTITUÉES AU PILORI?
RLAN RLAN RLAN
HHH HHH HHH HHH

TU VIENS, MON GROS LAPIN?
SI TU NOUS PRENDS TOUTES LES DEUX, ON TE FERA UN PRIX!
UNE PETITE GÂTERIE, DOUX CHEVALIER?
NOUS POUVONS FOURBIR VOTRE LANCE DE BELLE MANIÈRE!
ALORS, BEAU MOINILLON, TU VEUX QU'ON TRAVAILLE TON PETIT JÉSUS?
ON PEUT LUI FAIRE SA TOILETTE, ET PUIS, S'EN OCCUPER !?
COMMENT IL A DIT QU'IL S'APPELAIT?...
TORQUÉMADA... ...GRAND INQUISITEUR!...

Les aventures inéluctables de René Preux, le chevalier avare — *par A. Tonnerre.*

7· LA RENAISSANCE

**"Si les prostituées avaient des roulettes aux pieds,
on pourrait en faire des taxis;
en leur fixant des ailes au dos, on gagnerait
des fortunes en transports aériens."**

Leonard De Vinci

La Renaissance est l'époque où femme et parfum vont de pair. Mais ne nous voilons pas la face : l'utilisation intensive de parfums et de diverses lotions odorantes à base de cannelle et autres plantes aromatiques cachait souvent un cruel manque d'hygiène entraînant des situations qui peuvent nous sembler cocasses aujourd'hui.
ALLEZ PRENDRE UN BAIN DE BOUCHE, CATIN! JE NE TIENS PAS À ATTRAPER DES MALADIES!...
HÈ HOOO! ... QUAND MÊME!

"RENAISSANCE"..."RENAISSANCE"! C'EST BIEN LE CAS DE LE DIRE!

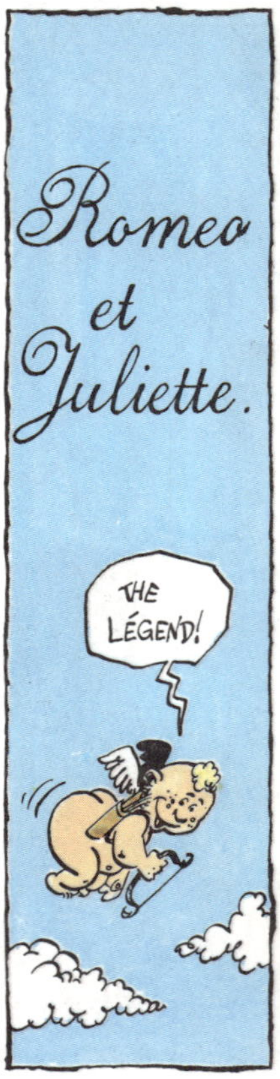
Romeo et Juliette.
THE LÉGEND!

JULIETTE, HAAA JULIETTE, TU ME FAIS SOUFFRIR!... AMOUR, QUE FAUT-IL DONC QUE JE FASSE POUR ENFIN T'AVOIR TOUT À MOI... RIEN QU'À MOI?

TU METS 200 BALLES SUR LA TABLE, HÊÊÊ BALLOT!

S'IL EST BIEN PÉNIBLE DE SE DIRE QUE JULIETTE N'ÉTAIT QU'UNE FRANCHE SALOPE, D'AUCUNS DISENT QU'EN PLUS, ELLE N'ÉTAIT PAS SI BELLE QUE CELA!... ... COMME QUOI, ENTRE LE MYTHE ET LA RÉALITÉ, IL Y A SOUVENT PLUS D'UN PAS!

Rubrique: Portrait-robot de la

Prostituée de la Renaissance

(ou la Courtisane idéale)

...L'Espagnol dit que pour rendre une femme parfaite et absolue en beauté, il lui faut trente beaux signes. Ces trente beaux signes sont tels :

MONTAIGNE AUSSI A OBSERVÉ LES PUTES. IL NOUS EN PARLE.

"Elles sçavent se presanter par ce qu'elles ont de plus agreable; elles vous presanteront seulement le haut du visage, ou le bas ou le costé, se couvrent ou se montrent, si qu'il ne s'en voit une sule lede à la fenetre. Chacun est là à faire des bonetades et inclinations profondes, et à recevoir quelque euillade en passant."

Montaigne, in "Journal de Voyage"

Finalement, les prostiputes de l'époque étaient beaucoup moins délurées qu'on ne l'imagine. Pas de quoi fouetter un chat, finalement.

On se demande bien pourquoi et comment Montaigne s'est fait un nom avec une orthographe pareille. Sans parler de la syntaxe, mais bon...

LE SAVIEZ-VOUS?

La Renaissance n'a pas amené que de belles choses. C'est en 1493 qu'un lord anglais, Sir Malamuth D. Peas inventa la terrible maladie que fut la chaude pisse pour punir sa femme. Cette dernière posait régulièrement nue pour des peintres et ce qui devait arriver arrivait: elle couchait. Ayant pris goût au sexe, elle finit par se prostituer pour s'acheter des babioles. Ce qu'ayant appris, le mari, pour se venger de sa femme et de ses nombreux amants, inventa la chaude pisse qui ne tarda pas à contaminer tout Londres avant de se répandre dans le monde entier.

JOUONS UN PEU... La Renaissance, on se l'imagine généralement gentillette, pleine de délicatesse et d'Art, d'humanisme et de grandes découvertes. C'était en réalité une rude époque où l'on rencontrait plus de princes sanguinaires que de princes charmants.
Un de ces princes sanguinaires a fait la fête avec quelques prostituées, pouvez-vous en retrouver le nombre exact?

3.

parenthèses

( )

MARS 1493, CHRISTOPHE COLOMB REVIENT EN ESPAGNE, CLÔTURANT AINSI SON PREMIER VOYAGE À LA DÉCOUVERTE D'UN MONDE NOUVEAU!
TERRE!!!
CHÉRIE, ME REV'LA!
MON CHRICRI! ENFIN!
... SUR LE BATEAU, C'ÉTAIT TRÈS PÉNIBLE, APRÈS QUELQUES SEMAINES, LA PROMISCUITÉ DEVENAIT TRÈS PESANTE!...
LORSQUE NOUS DÉBARQUÂMES, CE FUT POUR DÉCOUVRIR UNE POPULATION DE SAUVAGES À MOITIÉ NUS!
SEX
PIPE SHOW
PEEP SHOW
NOTRE PREMIER RÉFLEXE FUT, ÉVIDEMMENT D'APPORTER À CES SAUVAGES DES RUDIMENTS DE RELIGION...
ET LA POSITION DU MISSIONNAIRE?... TU CONNAIS DIS?... HEIN, TU CONNAIS?
... BIEN SÛR, NOUS AVONS RAMENÉ DES FORTUNES EN OR ET EN PIERRES PRÉCIEUSES DE NOTRE VOYAGE...
MAIS, TU TE RENDS COMPTE, MA CHÉRIE, QUE L'ABSTINENCE SEXUELLE NOUS A TOUS RENDUS PRATIQUEMENT FOUS! VIENS, VIENS VITE!
HEU... ÇA NE TE DIRAIT RIEN DE TE METTRE QUELQUES PLUMES SUR LA TÊTE ET DE TE VÊTIR DE PEAUX DE DAIM?
?

SI VOTRE MAJESTÉ DAIGNAIT ARRÊTER DE BOUGER SANS CESSE, LE PORTRAIT DE VOTRE MAJESTÉ AVANCERAIT NETTEMENT PLUS VITE !...

ET ALORS, HOOO GRAND NOSTRADAMUS?.. QUE VOYEZ-VOUS POUR MON AVENIR DANS VOTRE BOULE DE CRISTAL?
GRANDE VIGUEUR CE JOUR VERRA, D'UN BEAU VIEILLARD EN FACE DE ...GNN... DE TOI!
U!
CE VIEILLARD TEL UN ÉPHÈBE, ET D'UN ÉLAN FORMIDABLE, MOULT PLAISIRS TE FERA SOUS LA TABLE! YAOOUUUH!
5
TEL UN TREMBLEMENT DE TERRE, GRANDS TRANSPORTS, FILLE DE JOIE, TES ENTRAILLES SECOUERA!!!
HOU HOU HOU
APRÈS FUREUR, LE CALME REVIENDRA, ET BON ARGENT VIEILLARD TE DONNERA!
SI SI! J'INSISTE!
FRANCHEMENT, TU Y CROIS, TOI, À CES HISTOIRES DE VOYANCE?
HAAA! CROIS-MOI, ON EST PARFOIS BIEN ÉTONNÉ!!!

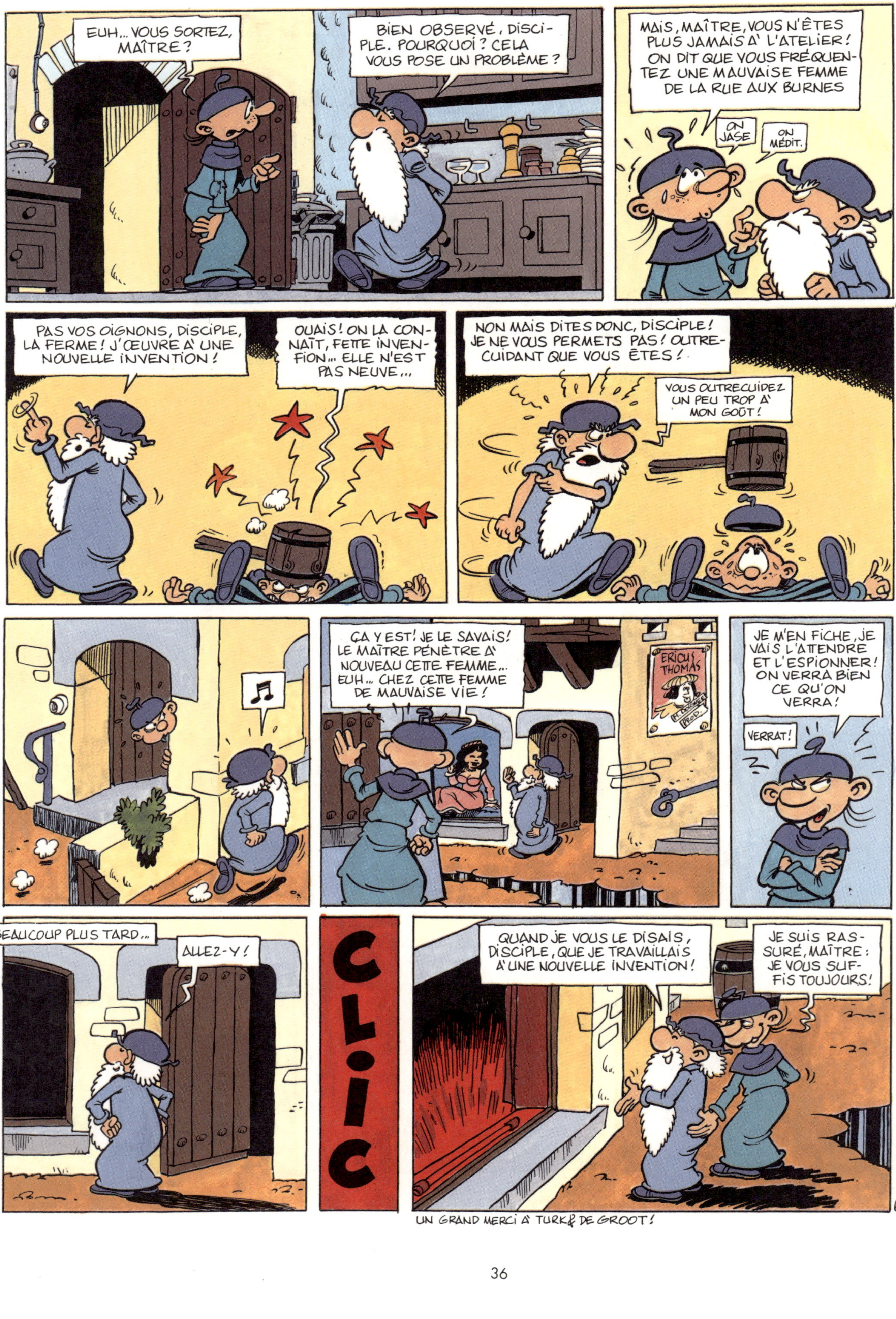

UN GRAND MERCI À TURK & DE GROOT !

8· FRANCE
DU ROI SOLEIL AU ROI ECLIPSE

"J'adore les serrures, ainsi que leur trou."
Louis XVI

Hiii! À L'AIDE! ON M'ATTAQUE!
AÏYA-A-A-A-AA!!!
AU SECOU... FLOUB BOULOUB... !
À L'AIDE! AU VIOL! À MOA!
2A
NE CRAIGNEZ RIEN, PRINCESSE!... JE SUIS LÀ!
RAÏCH RAÏCH
WAKK
CHEVALIER ENDURRAN DE BITEMOLLE, MADAME!... POUR VOUS SERVIR!
BEUH...
PAPA!!!
ESPÈCE DE PETIT CRÉTIN!... JE DÉPENSE DES FORTUNES EN PUTES POUR SATISFAIRE MES FANTASMES, ET TOI, TU VIENS TOUT FOUTRE EN L'AIR!?!
MAIS, PAPA!...
AÏCH
RCH RHAÏCH RHAÏ
CHEVALIER DE MES DEUX!
2B

Bien que revendiquant de concert l'invention de la désormais célèbre "Montgolfière", les frères Montgolfier avaient, face à la vie, une philosophie sensiblement différente comme tend à le prouver cette cocasse aquarelle d'époque…

LE LEVER DU ROY !
POM POM POM
LE DÉJEUNER DU ROY !
POM POM POM
LE GROS POPO DU ROY !
LE DÎNER DU ROY !
LA PROSTITUÉE DU ROY !!!
C'EST MARRANT, EN SOIRÉE, IL Y A TOUJOURS PLUS DE MONDE QUE PENDANT LA JOURNÉE !!!
C'EST GRATUIT?
ET EN COULEUR!
MOI D'ABORD!
JE VOUS EN PRIE!
RESTONS CALM
VOUS!
KNOTS
OUCH
À MOI!
À MOI!
J'VEUX VOIR!
POUSSEZ VOUS!
WAAAH
PREM!
C'EST MIEUX QU'LA T.V.!
PREM!
OUFTI!

ÇA, NOUS L'AVIONS DIT À M'SIEUR L'MARQUIS !... ...UNE CHAISE À PORTEURS, C'EST TROP PETIT POUR UNE PARTOUZE !...
...M'ESCUZ' LES GARS... ...L'F'RAI PU... C'TAIT POUR VOIR...
MAIS, M'SIEUR L'MARQUIS N'EN FAIT JAMAIS QU'À SA TÊTE !... ...TOUJOURS PLUS MALIN QU'LES AUTRES !

AU TEMPS POUR MOI, MONSIEUR L'OFFICIER : C'EST VOTRE ÉPÉE QUE JE SENS
HMF !
GNIARQUE !
ET RLAN !
HMFF !
GN.

NON MAIS DITES DONC ARMAND ! VOUS CONSERVEZ VOTRE PERRUQUE ? POURQUOI PAS VOS CHAUSSETTES TANT QUE VOUS Y ÊTES !

HUHU ! SIRE ! OH ! Siiiiire !
DEPUIS QU'IL EST AU COURANT DU COUP D'HENRI IV ET DE SES MIGNONS, SA MAJESTÉ TIENT À VÉRIFIER PERSONNELLEMENT CHAQUE NOUVELLE COURTISANE...

DIS-DONC, MA POULETTE, SI ON ALLAIT VISITER UNE DES CHAMBRES À COUCHER ?
OOH ! MONSIEUR LE MARQUIS !
ALLEZ ! NE FAIS PAS TA SUCRÉE, VIENS, ET... TU ME COMPTERAS DEMI-TARIF !
HO, ÇA, MONSIEUR LE MARQUIS !...
6A
ALLEZ AVANCE, PETITE CHATTE ! ET TU ME FERAS DES PRIX, HEIN ?...
... DEMI-TARIF ?
HOOOO, MONSIEUR LE MARQUIS !...
ON VA PRENDRE LA CHAMBRE JAUNE ! JE N'AI PAS ENVIE DE MARCHER PLUS D'UNE LIEUE !
ALLEZ, ENTRE LÀ, MA BELLE !... ET N'OUBLIE PAS, MMM... JE NE PAIE QUE DEMI-TARIF !
DÉVÊTISSONS-NOUS DE CONCERT, CE SERA TOUJOURS CELA DE GAGNÉ !
AH OUI ! JE COMPRENDS MAINTENANT, POURQUOI MONSIEUR LE MARQUIS INSISTAIT TANT POUR QUE JE LUI COMPTE DEMI-TARIF !
6B.

9· LA REVOLUTION FRANCAISE

"Parmi toutes les femmes, ce sont les prostituées qui, assurément, me font réellement perdre la tête"
Robespierre

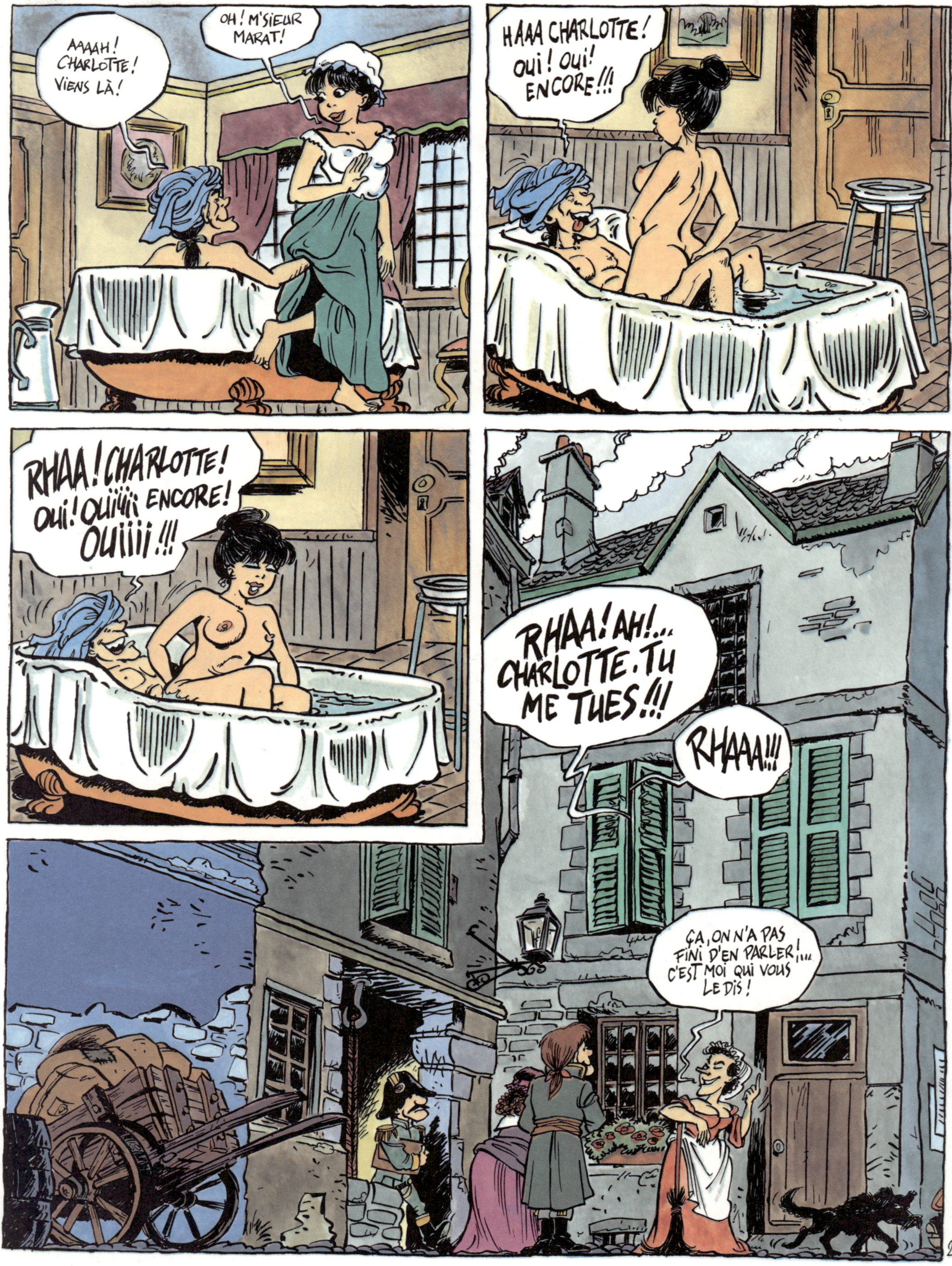
AAAAH ! CHARLOTTE ! VIENS LÀ !
OH ! M'SIEUR MARAT !
HAAA CHARLOTTE ! OUI ! OUI ! ENCORE !!!
2A
RHAA ! CHARLOTTE ! OUI ! OUIIIII ENCORE ! OUIIIII !!!
RHAA ! AH !... CHARLOTTE, TU ME TUES !!!
RHAAA !!!
ÇA, ON N'A PAS FINI D'EN PARLER !... C'EST MOI QUI VOUS LE DIS !
2B

ROBESPIERRE: L'EXTERMINATEUR

Robespierre était résolument contre la prostitution, symbole des libertinages de l'ancien régime. Il pourchassa donc et extermina sans pitié les prostituées sur tout le territoire de la Nouvelle République. Un maquereau et une prostituée, cachés par les bons Pères Franciscains, véritables miraculés, survécurent et c'est ainsi que l'espèce ne disparut pas de la surface du globe.

Rubrique: Si on n'en sait pas plus, on n'en saura pas moins au sujet de la

PROSTITUÉE AU TEMPS DE LA RÉVOLUTION FRANÇAISE

LE SAVIEZ-VOUS?

Le bonnet phrygien, symbole de la Révolution était à l'origine porté par les femmes phrygides (orthographe de l'époque, devenue "frigide" en 1948, époque à laquelle fut inventé le "frigidaire") et était le symbole de leur handicap.
Par dérision, le Gouvernement Révolutionnaire en imposa le port aux prostituées.

TIENS, FILLE PUBLIQUE!
TIENS, RAIE PUBLIQUE!
RÉPUBLIQUE? PAS CON ÇA, COMME NOM ...
ET RLAN
ET HUE DONC!
CRÉ BON GU!

D'ACCORD, M'SIEUR DANTON... DE TÊTE, ELLE N'EST PAS TERRIBLE... MAIS DE CORPS...
M'OUI M'OUI M'OUI!... J'ENTREVOIS ÉVENTUELLEMENT UNE SOLUTION À CE LÉGER PROBLÈME!...
... FAUT VOIR!...
ÇA, PEUT P'TÊT SE FAIRE!

CROIS-MOI, MA VIEILLE! AVEC ÇA ON DOUBLE NOTRE CHIFFRE!
CHEZ LULU 10 BALLES LA PASSE
À LA LANTERNE
ET LA TÊTE ET LA TÊTE
ÇA IRA ÇA IRA

AVANCE, RIBAUDE! ON VA TE FAIRE LA MÊME TÊTE QU'À TON MARI!...
...MAIS, TU AURAS DROIT À UN JUGEMENT! LE PEUPLE A DES PRINCIPES!!!
QUEL EST TON NOM, CITOYENNE?
MARQUISE DE SAINT-CYR, MONSIEUR!
LA NOBLESSE N'EXISTE PLUS! L'IGNORES-TU, CITOYENNE?
... SAINT CYR, ALORS!...
LA RELIGION ET LE CLERGÉ SONT DES MANIFESTATIONS DE L'ANCIEN RÉGIME! ILS ONT ÉTÉ SUPPRIMÉS AUSSI!
LA RELIGION, C'EST L'OPIUM DU PEUPLE!
LA FORMULE EST BELLE, CITOYEN!
ALORS, CITOYENNE? QUEL EST TON NOM?
... HEU ... CYR!...
LA ROYAUTÉ A ÉTÉ ABOLIE!... ... QUEL EST TON NOM?!?
... IL NE ME RESTE PLUS RIEN, MONSIEUR!... ET SI JE NE SUIS PLUS RIEN, VOUS NE POUVEZ DONC PAS ME JUGER!
... ET C'EST COMME CELA QUE JE ME SUIS RETROUVÉE À LA RUE!...
... LE TROTTOIR ÉTAIT MA SEULE PORTE DE SORTIE!
BEN MA VIEILLE!...
... COMME QUOI, HEIN!...

LE CI-DEVANT ICI PRÉSENT A CACHÉ DES NOBLES DANS SA CAVE, CITOYEN PRÉSIDENT!
QU'ON LUI COUPE LA TÊTE!
CE VIL TRAÎTRE À LA CAUSE RÉVOLUTIONNAIRE A AIDÉ LES PRÊTRES À PASSER À L'ÉTRANGER, CITOYEN PRÉSIDENT!
QU'ON LUI COUPE LA TÊTE!
CE CI-DEVANT N'A PAS CACHÉ SES SYMPATHIES POUR LA MONARCHIE ET A PUBLIÉ DES PAMPHLETS CONTRE LA RÉVOLUTION!...
... CITOYEN PRÉSIDENT!
HOU
HOUUU
A MORT
HOUUU
WAAAAAAHHH.....
QU'ON LUI COUPE LA TÊTE!
...RZZZZRRR...
ZZZZZZ...
RRRRR
ZZZZZ
CE CITOYEN A COUCHÉ À PLUSIEURS REPRISES AVEC VOTRE FEMME, CITOYEN PRÉSIDENT!
QU'ON LUI COUPE LES COUILLES!